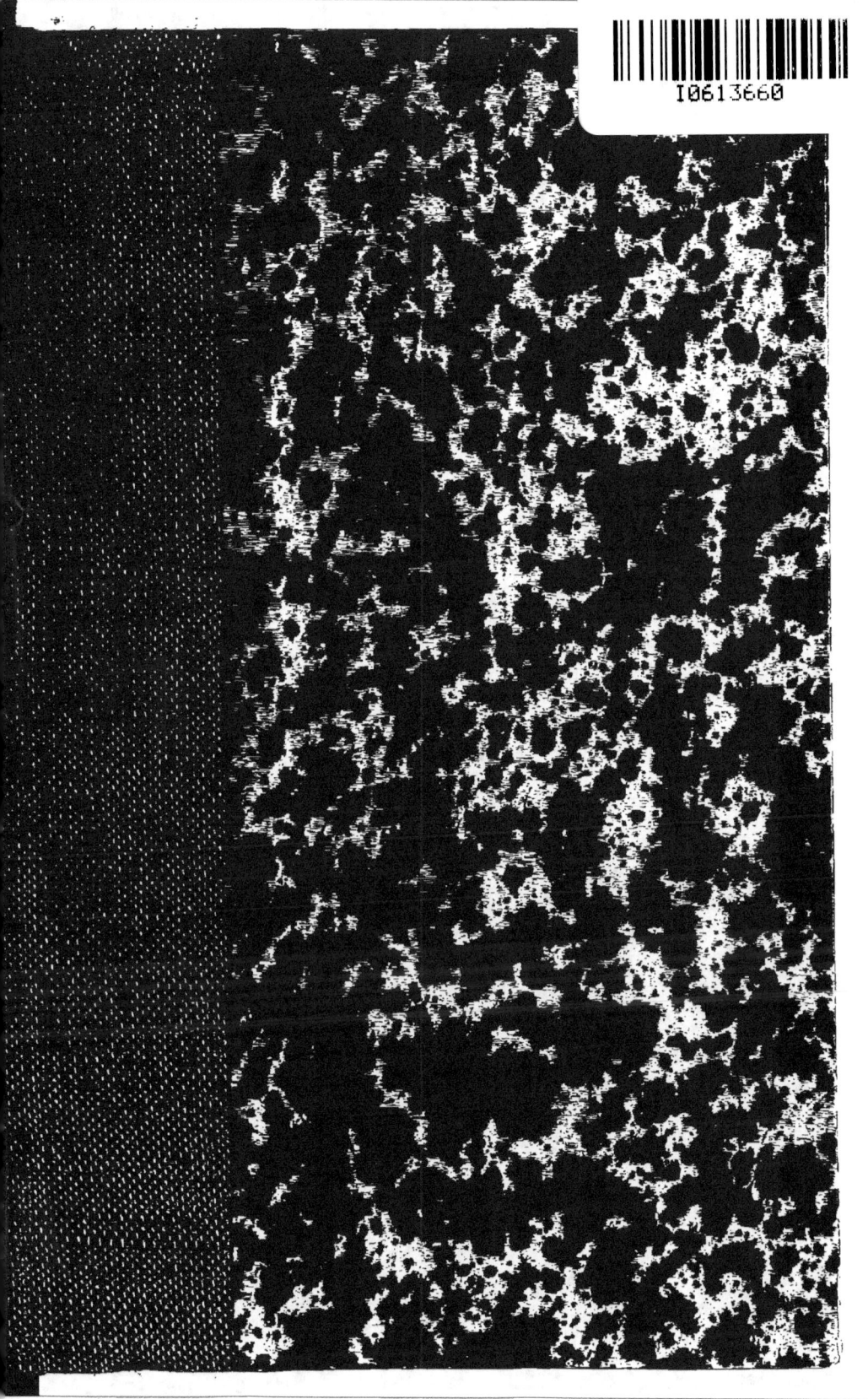

Lieutenant GEORGES ROLLIN

SOUS
LA CUIRASSE

POÉSIES

886

Librairie académique PERRIN et Cie.

SOUS LA CUIRASSE

Lieutenant Georges ROLLIN

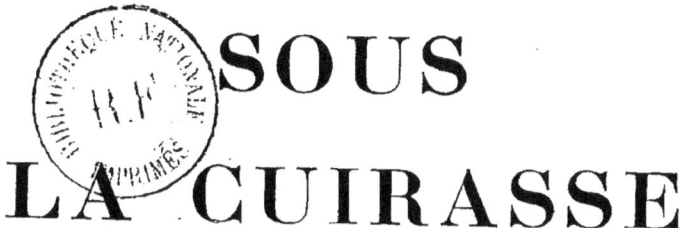

SOUS LA CUIRASSE

POÉSIES

PARIS

LIBRAIRIE ACADÉMIQUE
PERRIN ET Cie, LIBRAIRES-ÉDITEURS
35, QUAI DES GRANDS-AUGUSTINS, 35
1915

PREMIÈRE PARTIE

VERS L'ACTION

À JEANNE D'ARC

(5ᵉ centenaire de sa naissance : 6 janvier 1912)

I

Domremy, quelques toits épars dans la vallée,
La chapelle à mi-côte et qui songe isolée
      Près des croix où tous vont finir,
Un bois comme horizon, un jardin pour domaine :
Le vieux clocher, du moins, tout le jour y promène
      Sa grande ombre pour le bénir.

Tout est resté : le seuil, la maison chancelante
D'où tu partais, ô Jeanne, à l'aube, vigilante,
      Le puits, la cour, le châtaignier
Où, tes moutons rentrés, au crépuscule, heureuse,
A l'heure où les brouillards remontaient de la Meuse
      Tu te retirais pour prier.

C'est là que je t'évoque, héroïque bergère,
Quand, la France étouffant sous la main étrangère,
    Tu rêvais de l'en arracher,
Quand tu voyais déjà du fond de ta prairie
Au couchant flamboyer comme un double incendie
    Et le soleil et ton bûcher.

Cinq siècles ont passé sur l'humble paysage ;
Avec ses grands yeux purs, mystique, son visage
    Rayonne encore au Bois-Chenu ;
Sans doute encor sous l'arbre où le soir l'agenouille
Elle écoute, filant son rêve et sa quenouille,
    La voix de l'Archange inconnu :

« Lève-toi : laisse là tes fuseaux et ta laine :
« N'entends-tu pas ces cris qui montent de la plaine?
    « Le sang coule, le peuple a faim !
« Va vers ton roi ; dis-lui que la patrie est morte,
« Qu'il faut vaincre ! Les preux te serviront d'escorte,
    « Dieu te montrera le chemin. »

II

— « Gentil Dauphin, j'ai nom Jehanne
« Ne suis qu'une humble paysanne :
« Vers vous dix jours ai chevauché.
« Dieu m'a donné cuirasse et heaume ;
« Pour chasser l'Anglais du royaume
« Je viens ce jour d'huy te chercher. »

Dauphin Charle et ses capitaines,
Vieux routiers à mines hautaines,
A sa suite s'en sont allés :
L'oriflamme de la Pucelle
Sur le sol qui de sang ruisselle
Couche les Anglais comme blés.

Et les flèches pleuvent sans trêve...
Jeanne tombe, mais se relève,
Offrant ses blessures au Ciel,
Et l'armée à nouveau se rue :
A sa tête est réapparue
La bannière de saint Michel !

Voici les bastilles qui croulent
Et les morts par milliers qui roulent
Au pied des murs soudain béants,
La paix sur les campagnes vertes
Et cent villes enfin rouvertes
Devant la Vierge d'Orléans !

Reims et ses cloches triomphales,
Les orgues jetant par rafales
Leur réponse grave au beffroi
Et sur le parvis qui s'embrase,
Devant une foule en extase,
Une enfant qui consacre un roi !

Oui, tes voix ne t'ont pas trompée !
O Jeanne, lorsque ton épée
Se cabrait sur le Ciel en feu
Ou saluait la Mort qui passe,
Ton geste plus grand que l'espace
Était bien le geste de Dieu.

III

Hélas ! la trahison qui viendra te surprendre,
L'abandon, le cachot, devaient bientôt t'apprendre
      Qu'ici-bas une œuvre parfois
Veut des pleurs et du sang pour qu'elle s'accomplisse,
Que la grandeur des cieux se mesure au supplice
      Du Christ expirant sur la Croix !

Ta beauté rayonnait dans l'ombre du prétoire
Quand, tes juges lançant l'âpre réquisitoire,
      Tu laissais, pure et sans effroi,
Comme un roc défiant la vague furieuse,
Se briser à tes pieds leur rage injurieuse
      Sans pouvoir monter jusqu'à toi !

Plus tard, les poings liés, au poteau, demi-nue,
Quand la Mort et le feu s'élançaient vers la nue
        A l'assaut de ton corps d'enfant,
Tu commandais silence à ta chair torturée
Qui pourtant, par instinct, luttait désespérée
        Comme un blessé qui se défend.

Tandis qu'on t'insultait dans cette foule infâme
Qui regardait brûler lentement une femme,
        Tes yeux par l'extase agrandis
Dans le crépitement des gerbes dévorantes
Montraient que le soupir de tes lèvres mourantes
        Venait déjà du paradis.

Puis un grand cri : « Jésus ! pardonnez à leur faute ! »
La flamme alors bondit plus ardente et plus haute
        Et l'éclat de ton front fut tel
Que tes bourreaux fuyaient comme pris de démence,
Que sous le firmament ouvrant sa nef immense
        Ton bûcher semblait un autel !

IV

Cinq siècles ont passé, Jeanne, sur ton martyre ;
Mais ce que tu criais à Dieu dans ton délire,
    Ces mots d'espoir et de pardon,
La France depuis lors n'a cessé de l'entendre
Et pour toujours ce feu qui dispersait ta cendre
    Met son auréole à ton nom.

C'est lui qui couve encore au fond de nos chaumières,
Qui sur nos régiments projette ses lumières
    Et, quand elle prie à genoux,
Si touchante, le soir, dans la chapelle obscure,
C'est son reflet lointain qui passe et transfigure
    La paysanne de chez nous.

Oh ! s'il fallait donner un corps à la Patrie,
C'est elle, c'est la fière héroïne meurtrie
      Que dans le marbre le plus pur,
A cheval, le regard au-dessus de nos fanges,
L'épée en main, perçant la voûte où sont les anges,
      On devrait camper dans l'azur !

France, si grand que soit le désastre ou l'épreuve,
Ne te courbe jamais ! Jeanne a donné la preuve
      Que ton fer ne peut s'ébrécher,
Qu'un miracle est possible et que Dieu te regarde...
Et puis l'humble hameau de Domremy te garde :
      Qui donc oserait y toucher ?

Espère en l'avenir, ô grande Mutilée,
Et vous, si le drapeau sombrait dans la mêlée,
      A défaut de nos trois couleurs,
Sur le point de faiblir, sentant la mort qui rôde,
Soldats, souvenez-vous, si la bataille est chaude,
      De la vierge de Vaucouleurs !

2

SUR LE CHAMP DE BATAILLE DE NUITS

La plaine bourguignonne aux ondoyantes lignes
A gardé dans son sol de pampres hérissé
Tout le sang jeune et chaud que ses fils ont versé
Et fait du cœur des morts monter l'âme des vignes.

Quarante ans ont rêvé sur leurs tombeaux insignes,
Et depuis quarante ans sans jamais se lasser
Le vin, qui donne aux chairs le frisson du Passé,
Rallume un feu d'orgueil au cœur des plus indignes.

Ce soir, est-ce un appel jeté de l'autre monde ?
Est-ce le vin captif qui fermente et qui gronde ?
Je ne sais ; mais tandis qu'au grand baiser du vent

La plaine tout à coup semble s'être animée,
J'entends sur mon passage avec un bruit vivant
Les ceps mystérieux frémir comme une armée !

MON TALISMAN

A ma mère.

Je garde sur mon cœur, comme en un reliquaire,
Pieusement serrés sur moi jusqu'au tombeau,
N'en déplaise aux rieurs, des cheveux de ma mère
      Et des franges de mon Drapeau !

Témoin des seuls amours qui font l'âme immortelle
Où puisse se plonger un être sans déchoir,
Ce double souvenir, comme un ami fidèle,
      Me rappellera mon devoir !

Avec des mots très doux et bien mieux qu'aucun livre,
Eux qui savent trop bien le secret de souffrir,
Les humbles cheveux gris m'apprendront à mieux vivre,
Les franges d'or à mieux mourir !

A MON CHEVAL

O mon cheval, ô toi mon compagnon de peine,
Lorsque sur le pavé résonnent tes pas lourds,
Est-ce un instinct secret qui te guide et t'entraîne,
Une main invisible, une âme presque humaine?
Est-ce un songe confus qui te hante toujours?

Et si Dieu t'a donné, pauvre être, la pensée,
Ah! tu t'es demandé, n'est-ce pas? bien souvent,
Dans tes cris de révolte et dans ta chair blessée
Ce qu'ici-bas faisait ta carcasse harassée,
Pourquoi cette souffrance et ce joug étouffant.

Et tu t'es souvenu des bois, des grandes plaines
Où la main du Hasard jadis t'avait jeté,
Des herbes que le vent courbe en vagues lointaines
Lorsque tu bondissais dans tes courses hautaines,
Buvant à pleins poumons l'air et la liberté !

La liberté, vois-tu, c'est s'enivrer d'espace,
De parfums, de rayons, boire au ruisseau qui passe ;
C'est choisir à la fin sa place pour mourir...
Marche et résigne-toi : l'Homme ne fait pas grâce
Et ton martyre obscur ne saurait l'attendrir !

Mais il est un ami que tu comprends sans doute
Et qui t'aime en silence et qui souffre avec toi.
Quand il s'en va chantant son rêve sur la route,
On dirait dans tes yeux une âme qui l'écoute ;
Ce Rêve est la Revanche, et cet ami, c'est moi !

La liberté farouche, oui, c'est dans la bataille,
Ses âpres voluptés, que nous les goûterons :
Comme tu henniras au vent de la mitraille
Quand la charge, ébranlant leur vivante muraille,
Poussera vers la Mort nos joyeux escadrons !

Et puis nous foncerons dans la mêlée hagarde :
Ma lame en tournoyant déblaiera ton chemin,
Faulx sinistre de chair, rouge jusqu'à la garde,
Et mes lourds cuirassiers galoperont en harde,
Farouches moissonneurs tranchant le blé humain !

Et toi, percé de coups, sentant la mort trop lente,
Tu bondiras, fou de douleur, sans plus rien voir,
Jusqu'à ce qu'à la fin dans la charge hurlante
S'abatte d'un seul coup ta dépouille sanglante
          Héroïque sans le savoir !

AUX DAMES DE LA CROIX-ROUGE

La Guerre sinistre a passé :
Brassard rouge et cornette blanche,
Quelle est cette ombre qui se penche
Sur un blessé ?

Est-ce une mère ? Est-ce une sœur ?
De partout elles sont venues
Offrir aux douleurs inconnues
Leur bras berceur.

Elles auraient pu, dans le monde,
Aimer les fleurs et les bijoux,
Faire retentir à la ronde
    Leurs rires fous,

Voir briller sur la foule vaine,
Comme une étoile, leur beauté,
Sentir de la louange humaine
    L'encens monter.

Elles ont dédaigné la terre
Et, pour mieux s'en faire oublier,
Revêtu la blancheur austère
    Du tablier.

Lorsque la nature elle-même
Epand sa douceur en tout lieu,
Qu'ici-bas tout s'unit et s'aime
    Sous l'œil de Dieu,

Dans l'hôpital, au fond des bouges,
Leurs mains vont dans le sang, sans peur,
Glaner leur Légion d'honneur
    En taches rouges...

Partout où l'on meurt, sans repos,
Soignant des héros à leur taille,
Elles ont leurs champs de bataille
    Et leurs drapeaux.

Et quand le canon fait silence,
Que le soir, dans le camp, tout dort,
Ces Jeanne d'Arc de l'ambulance
            Luttent encor.

Elles ont pour panser les plaies
Le geste très doux des mamans
Et, dans leurs âmes toujours gaies,
            Des mots charmants :

« Guérison ! France ! » Le fiévreux
Les répète dans son délire,
Et le soldat dans leur sourire
            S'endort heureux.

Loin des yeux de sa mère absente,
Dans les leurs ses yeux agrandis
Voient en mourant l'aube naissante
    Du Paradis.

Vous qui bercez les agonies,
Qui calmez les cœurs et les chairs,
Au nom des fils qui nous sont chers,
    Soyez bénies !

A UN CAMARADE
PARTANT POUR L'AFRIQUE

C'est une dure loi que la loi militaire.
Mais ce qui nous fait grands, ami, c'est de savoir,
Quand la chair ou le cœur saigne au joug du devoir,
Refermer sa blessure, obéir et se taire.

Pars : le ciel du désert aux tons d'apothéoses
Luira, d'or sur azur, sur toi comme un blason,
Et tu verras, le soir, s'abattre à l'horizon
Sur des lacs de saphir des vols de flamants roses.

3

Et puis, la Nuit viendra poser sur ton sommeil
Son manteau parsemé d'étoiles inconnues,
Jusqu'à ce que, la vie et l'aube revenues,
Ton cheval hennissant te sonne le Réveil !

Ami, va te griser d'espace et de mirages ;
Mais, parfois, sous l'azur aveuglant et brutal
S'il t'advient de rêver à nos doux paysages
Où l'air, comme un baiser, descend du ciel natal,

Tu reverras soudain nos vallons bleus de lune,
Et nos coteaux de France et leurs souples contours :
La plainte de l'Arabe attardé sur la dune
Te semblera la voix de nos petits pâtours.

Il n'est pas sous le ciel d'être qui ne regrette
Un rêve évanoui : l'aigle tombé son vol,
L'hirondelle son toit, le chaume son aigrette,
La lèvre sa chanson, et l'exilé son sol.

Mais voici que ce sol, peut-être l'heure est proche
Où vont frémir les morts qui dormaient dans son sein,
Où, comme leurs aïeux, sans peur et sans reproche,
Les fils iront se battre à l'appel du tocsin.

Tu reviendras alors sur le front de bataille
Prendre le rang d'honneur que nous t'aurons gardé,
Et nous irons au choc, si Dieu l'a décidé,
Frères dans l'amitié comme sous la mitraille.

Oh ! tomber côte à côte au cœur des grandes herbes,
Quand le soleil se couche en un fond rouge et or
Et que le vent du soir passe, fauchant les gerbes,
Dieu, qui nous fis soldats, donne-nous cette mort !

AU MONT BLANC

Vu de Genève, le Mont-Blanc
présente l'aspect du profil de
Napoléon.

Lorsque ton corps surgit de l'ombre où tu reposes

Aux clartés du matin marbré de veines roses,

Porphyre inanimé du Sculpteur éternel,

Ou que ton front aux derniers feux du crépuscule,

Diamant enchâssé sur l'horizon qui brûle,

      S'embrase solennel,

Lorsque, la nuit, la foudre où siffle la rafale
Sur le ciel déchiré dresse ta tête pâle,
Est-ce pour mieux marquer l'empreinte de sa main
Que Dieu, qui t'a pétri d'une argile inconnue,
A ton masque blafard découpa dans la nue
　　　　　Comme un profil humain ?

Car sur l'oreiller blanc que lui prête une cime
C'est un géant qui dort au-dessus de l'abîme !
Jamais n'a tressailli son visage glacé ;
Mordu par la tempête, en vain le Temps l'assiège :
Il drape son dédain dans son manteau de neige
　　　　　Et les laisse passer !

Et la Pensée errant sur cette face éteinte
Réunit à jamais dans une même étreinte
Et la Montagne et l'Homme et leur double grandeur ;
Sur ce masque éternel contemplant son Génie
L'Homme croit voir encor crispés par l'agonie
　　　　　Les traits de l'Empereur !

Et les monts d'alentour en longue file blanche
Semblent des pèlerins que la Prière penche
Pour veiller à genoux son sommeil ; et les vents
Poussant dans l'air glacé leur plainte monotone
Comme au front du combat lui font une couronne
       De mille aigles vivants !

Les cimes au couchant se revêtant de flammes
Comme au soir d'Austerlitz semblent des oriflammes
Que la Garde en délire élève vers les cieux
Tandis que l'Empereur, perçant des nuits les voiles,
Les yeux dans l'Infini, poursuit dans les étoiles
       Son rêve audacieux !

Dors ton dernier sommeil au-dessus de nos haines !
Que ton ombre, ô Géant, s'allongeant dans les plaines
Cache aux regards de Dieu nos laideurs d'ici-bas :
Dors dans ta majesté muette et solitaire,
L'espace pour tombeau ; car, ton rêve, la Terre
       Ne le contiendrait pas !

LETTRE D'UNE MÈRE
A SON FILS SUR LE FRONT

Je relis à l'instant, mère, ta bonne lettre.

« Mon cher grand, m'écris-tu, je ne sais rien de toi.

« Sur la carte, où ce soir te cherche en vain mon doigt,

« Où te trouver ? Ton mot qu'on vient de me remettre

« A dessein est muet. Hélas ! on nous défend,

« Nous, mères, de savoir où se bat notre enfant.

« Mais puisque trop parler peut, dit-on, nuire aux nôtres,

« Je ferai mon devoir, sois sûr, comme les autres.

« Mon cœur du moins vers toi des pieds du Crucifix

« Saura voler dans l'ombre et te trouver, mon fils.

« Sans se tromper jamais, ma tendresse obstinée,

« Au combat, sur la route, au bivouac où tu dors,

« Pour te réchauffer l'âme et protéger ton corps,

« Avec toi s'éveillant, finira ta journée.

« Nous ferons la campagne ensemble... Tu souris?

« Sais-tu que je me bats un peu dans mon Paris?

« Hier j'ai revêtu mon voile d'infirmière ;

« J'arrive à l'hôpital, me crois-tu? la première

« Car mes pauvres blessés m'attendent ; tout le jour,

« Ainsi que leur maman je verse avec amour

« Mon espoir dans leurs yeux, du baume à leurs blessure

« Mes mains, pour les panser pas encore très sûres,

« Tâchent d'être du moins très douces. Dans leurs yeux

« Si parfois je surprends comme un éclair joyeux,

« Ma peine est aussitôt cent fois récompensée.

« Le soir venu, je rentre emportant ta pensée

« Comme un parfum vivace enfermé dans mon cœur.

« A l'église un instant sur les degrés du chœur

« J'agenouille à la fois ma prière et ma vie,

« La Vierge du vitrail me tend les bras ravie

« Et semble en souriant me dire : « Il reviendra! »

« Un cierge nuit et jour sur l'autel brûlera

« Pour toi jusqu'à la fin de cette horrible guerre.

« On vous attend. Le grand Paris ne vit plus guère

« Depuis que sont partis les êtres qu'il aimait.

« Tout ce Paris brillant qui le soir s'animait,

« Sous son ciel de minuit qui chante et qui rougeoie

« Aurait honte à présent de refléter la joie.

« Tout est fermé. J'ai clos ma porte aux importuns.

« Quelques amis, du sort d'un des leurs incertains,

« Tisonnent avec moi leurs tristesses pareilles :

« Nous parlons bas ; les murs peut-être ont des oreilles ;

« On pourrait deviner nos pleurs. Il ne faut pas !...

« Reste vaillant. Le Dieu des forts guide tes pas

« Et saura détourner la balle meurtrière.

« Fais chaque jour — tu me l'as promis — ta prière,

« Et marche rassuré : la Victoire est devant !

« Je t'embrasse du fond de mon cœur, mon enfant ! »

(En campagne, 25 septembre 1914.)

PRIÈRE D'UN ENFANT

Noël 1914.

———

A la mémoire de mon beau-
frère le capitaine Pianet, mort
au champ d'honneur.

Bon Jésus qui voyez ma peine, écoutez-moi :
C'est Noël; au dehors le vent siffle, il fait froid,
Sous la neige les bois, les routes sont cachées,
Et mon père est ce soir là-bas dans les tranchées.
La bûche du foyer va flamber cette nuit,
Mais sans pouvoir nous réchauffer : je songe à lui
Qui, le front sur la pierre ou couché dans la boue,
Dormira sans sentir mon baiser sur sa joue.
Pourtant sur son fossé creusé comme un tombeau
C'est bien le même ciel qui scintille, si beau

Que sans doute ses yeux comme dans les féeries
Voient tomber de là-haut sur eux des pierreries...
Ne le réveillez pas. S'il rêve, c'est de nous,
De ces Noëls lointains où, moi sur ses genoux,
Il nous contait, rouvrant la Bible aux cent images,
Le bœuf, l'âne et la crèche et l'astre des Rois Mages.
Dans l'âtre les grillons précipitaient leur bruit ;
On entendait chanter les cloches de minuit,
Elles avaient leur rire argentin des dimanches,
Heureuses d'égrener le long des plaines blanches
Des jouets sur les toits et la paix dans les cœurs...
Ce soir vos carillons, cloches, semblent moqueurs :
A quoi bon nous bercer de leurs divins mensonges ?
Nos soldats savent trop qu'au sortir de leurs songes
Ils se retrouveront pour la lutte mêlés,
Qu'autour d'eux les clochers se sont tus, écroulés,
Qu'il leur faudra, cent fois refaisant ce manège,
Creuser, ramper, bondir, ensanglanter la neige,
Et qu'ils ont cette nuit illuminant le ciel
Des villages entiers pour bûches de Noël !
Mon Dieu ! qui grelottiez tout enfant dans l'étable,

Puisque vous revenez sur ce sol redoutable,
Où tant d'humbles martyrs sont tombés sans un cri,
Où vos temples brûlés vous refusent l'abri,
Où gisent vos autels et vos croix arrachées,
Descendez, comme à Bethléem, dans nos tranchées.
Vous les trouverez tous... ou presque. Ils vous prieront
Vous, le Dieu des soldats, de poser sur leur front
Votre petite main qui fait de la lumière.
Et puis ils reprendront leur tâche coutumière,
Ceux qui veillent, debout, face au feu, jusqu'au jour ;
Les autres dormiront en attendant leur tour,
Et tous apercevront la Gloire qui se lève,
Les uns sur l'horizon, les autres dans leur rêve !
Demain quand s'emplira leur souterrain obscur
Du premier reflet pâle et diffus de l'azur,
Noël aura rendu leur âme plus robuste
Et, plantant sur la crête un drapeau pour arbuste,
Mettra des diamants de givre à leur fusil...

O Jésus, protégez mon père. Ainsi soit-il !

LA LEÇON DE LA VIE

A la mémoire d'un camarade
mort d'une chute de cheval.

Sur son lit d'hôpital pour la sieste dernière
Mon pauvre camarade a fermé sa paupière.
Je le veille ; le soir est venu ; je suis seul.
Les draps ont sur son corps la raideur d'un linceul.
Deux cierges, étoilant cette ombre où rien ne bouge,
Éclairent la tunique et le pantalon rouge
Et frappent par instant d'une brève lueur
Le casque à son chevet, la médaille à son cœur.
Ses traits sur l'oreiller ont pris des tons de cire
Mais la bouche s'entr'ouvre, on dirait, pour sourire,
Et le front est si beau dans sa sérénité
Qu'on se demande encor si l'âme l'a quitté.

4

Ainsi, les doigts serrés sur les grains d'un rosaire,
Les cils baissés pour ne plus voir notre misère,
Sans qu'un muscle de son visage se crispât,
Offrant son rêve à Dieu dans un *meâ culpâ,*
Son courage et sa vie en exemple à la nôtre
Au champ d'honneur, comme un soldat, comme un apô{
Le meilleur d'entre nous là-haut s'en est allé !...
Et les yeux sur ce mòrt, dans l'ombre, inconsolé
Je sens en moi monter une révolte sourde...
Oui, votre main, Seigneur, cette fois fut trop lourde :
Pourquoi par ce matin limpide de printemps
L'avoir frappé dans tout l'orgueil de ses trente ans
Avec son regard clair et droit comme une épée ?
Moderne paladin cherchant son épopée
Et qui, las de l'attendre, est parti, l'âme au vent,
Casqué, cuirassé d'or par le soleil levant,
Au rythme d'un sang pur dans un cœur intrépide
Charger sans le savoir la Mort, la Mort stupide !...
Je regarde navré l'humble bouquet de fleurs
Qu'une pieuse main noua des trois couleurs
Sur le pommeau du sabre à jamais inutile...

Rien ne survivra donc à ce décor futile,
Rien qui puisse à travers le Temps nous retenir
Qu'un nom sur une pierre et dans un souvenir !...

*
* *

Mais voici qu'au dehors des notes cadencées,
Un bruit de pas, de voix m'arrache à mes pensées :
J'écoute : la rumeur grandit. C'est comme un chant
Qu'accompagne joyeuse une foule en marchant,
Et comme l'ouragan sur la mer écumeuse
S'élève sur ce flot humain la « Sambre-et-Meuse ».
La retraite ! A travers la ville et les faubourgs,
Le refrain des clairons, la basse des tambours
Derrière elle entraînant ces hommes et ces femmes
Met un éclair aux yeux et du bleu dans les âmes.
Ce peuple alors, transfiguré, m'apparaît tel
Que ses aïeux chantant au feu l'hymne immortel !
Ce qui fait crépiter ainsi les vitres closes
Et trembler près de moi sur leurs tiges ces roses,

Ce Passé qui ce soir pour sonner le réveil
N'a pas craint de troubler un mort dans son sommeil,
Ce fifre de l'Espoir, cet appel d'outre-tombe
Qui fait naître un héros près de celui qui tombe
Et ne lui permet pas longtemps de s'attendrir,
C'est la voix d'un pays qui ne veut pas périr !
Tandis que la clameur s'éloigne et diminue
Et que la paix de Dieu redescend de la nue
Sur le soldat qui veille et sur celui qui dort,
Martyr obscur de l'œuvre à jamais poursuivie,
Je médite en silence en face de la Mort
La leçon grandiose et saine de la Vie !

DEUXIÈME PARTIE

ESQUISSES

LA NEIGE

Sur la plaine blanche, sans bruit,
Vois, la neige tombe aujourd'hui
   Fine et discrète.
Il semble qu'au ciel par instants,
Lasse de tomber si longtemps,
   Elle s'arrête.

Et les arbres, au vent d'hiver,
Sur le ciel bas, d'un gris de fer,
Désespérés, tordant leurs branches,
Semblent des êtres effrayants
Qui battent de leurs bras géants
La rafale et ses vagues blanches.

L'horizon semble voltiger
Comme sous un voile léger
      Qui le dérobe.
N'entends-tu pas au firmament
Le mystérieux froissement
      De quelque robe ?

La neige tombe... Tout s'éteint !
C'est le soir. Un clocher lointain
Jette un Angélus dans la bise,
Et l'homme dans son cœur troublé
Sent aussi lentement crouler
Ses souvenirs, en neige grise.....

L'heure est douce ; fermons les yeux
Sous ces flocons silencieux
      Que les cieux pleurent,
Car pour les fronts brûlants et lourds
La neige a des doigts de velours
      Qui les effleurent...

LES CHIENS QUI HURLENT A LA LUNE

Parfois, lorsque le soir sur vous s'est étendu
Aux lisières des bois, au sommet de la dune,
Mes frères chemineaux, avez-vous entendu
    Les chiens qui hurlent à la lune ?

Tous le museau tendu vers le vent qui les mord
Et siffle en fouettant leur carcasse qui tremble,
Est-ce donc qu'ils ont vu près d'eux passer la Mort,
    Que tous ces chiens hurlent ensemble ?

Que clame donc au ciel leur cri désespéré ?
Est-ce que leurs yeux voient, pleins de terreurs muettes,
Des monstres inconnus qui viennent les flairer
       Rôdant la nuit autour des bêtes ?

Quand aux astres les chiens poussent leurs sanglots fous
Et que la lune rit à la face des dogues,
Que disent-ils entre eux ? Parleraient-ils de nous
       Dans leurs étranges dialogues ?

Peut-être qu'un désir farouche étreint leur cœur
Et qu'ils voudraient bondir dans l'espace sans bornes
Sur ce pâle croissant dont le profil moqueur
       Les excite de ses deux cornes !

D'où vient qu'en écoutant leur appel déchirant
Sur la route attardé le paysan se signe ?
Que dans l'ombre, à leur voix, le malade expirant
    Sent qu'il est l'heure et se résigne ?

Qui comprendra jamais leur sinistre aboiement ?
Dans leur cri douloureux qui fait frémir les plaines
Il semble qu'on entend hurler au firmament
    Toutes les détresses humaines.

Aussi lorsque l'Echo répétera, la nuit,
Leur infernal concert d'amour ou de rancune,
Mes frères chemineaux, fuyez, fuyez sans bruit
    Ces chiens qui hurlent à la lune !

L'HEURE

Visage d'émail ou de pierre,
Boîtier d'or ou cadre de bois,
L'Heure est une âme prisonnière
Dont le tic-tac serait la voix.

Qui peut la connaître ? Personne.
Dans ce mécanisme enchanté
Le marteau frappe, un timbre sonne,
Mais l'Heure qui la voit tinter ?

Car elle est immatérielle :
Elle est aux rouages d'acier
Ce qu'est l'essor à l'hirondelle,
Ce qu'est la blancheur au glacier.

Elle tourne, elle tourne encore...
Ses arrêts secs sont des instants...
Dans cet engrenage sonore
On dirait qu'elle moud le Temps...

Mais, comme la chanson s'épuise
Au cœur du rossignol blessé,
Ainsi, quand le ressort se brise,
Il semble que l'Heure ait cessé !

Non, l'invisible et douce amie
Qui scandait nos rêves d'amours,
Quand nous la croyons endormie,
Bat dans nos cœurs et vit toujours.

Exacte et fidèle à sa tâche,
Sur un rythme toujours pareil,
Elle compte à tous sans relâche
Leurs instants d'ombre ou de soleil.

Et quand l'âme, au bout de ses peines,
Retourne au Dieu qui la rêva,
Au dernier bruit que font nos veines
Qui peut savoir où l'Heure va?

NUIT DE NOËL

J'ai cru longtemps, rêve enfantin,
Quand Noël argentait les branches,
Que les anges jusqu'au matin
Erraient en robe de satin
Dans les cieux, en cohortes blanches !

Puis que soudain Jésus passait,
Nimbé de lune, en ce cortège,
Et dans chaque foyer laissait
Aux petits qu'un ange berçait
Pleuvoir des joucts blancs de neige.

Je croyais que sous chaque toit,
Riant au feu qui pétille,
Des petits enfants comme moi
Se serraient pour n'avoir pas froid
Aux caresses de la famille !

Hélas ! j'ai vécu : cette nuit,
Tandis qu'au clocher Noël tinte,
Je songe à tous ceux qui, sans bruit,
Recouverts de neige aujourd'hui
Meurent de froid sans une plainte !

Je songe aux pauvres qui s'en vont
Tandis qu'au dehors le vent gronde
Harassés et la fièvre au front,
Qui pleurent vers le ciel profond
Sans que jamais Dieu leur réponde.

Tandis qu'un carillon joyeux
Chante jusqu'à moi dans l'espace,
Je crois voir rôder dans les cieux
Le visage blême et les yeux
De quelque mendiant qui passe!...

O Vierge douce, Enfant divin,
Qui voyez leur détresse amère,
Ayez pitié, tendez la main
Aux pauvres gueux souffrant la faim,
Aux enfants qui n'ont plus de mère!...

LA VIEILLE

Ployant l'échine sous sa charge de bois mort
Dans ses bras amaigris que l'âge parchemine,
Là-bas, vers le couchant, dans un grand halo d'or
Sur la route une vieille à petits pas chemine.

Seule au centre de tout un monde qui s'endort
Sous l'immense baiser du ciel qui s'illumine,
Malgré la majesté de l'heure et du décor,
C'est son humble profil pourtant qui les domine.

Et pendant que la plaine et les eaux et les bois
Luttant contre la Nuit s'embrasent à la fois
Pour faire au Jour tombé de dignes funérailles,

La vieille qui s'éloigne et se tasse en marchant
Semble, elle aussi, porter son fagot de broussailles
           Au bûcher du soleil couchant.

FLUCTUAT NEC MERGITUR

Sous un ciel blême et froid, chargé de lourds nuages
Où des vols de ramiers entrechoquent leurs cris,
Flagellé par les vents, gonflé par les orages,
Le fleuve déchaîné roule à travers Paris.

Il va! ses flots boueux où courent mille épaves
Grondent en tournoyant sous les arches des ponts
Et l'on entend monter de leurs remous profonds
Comme un cri de captif qui brise ses entraves.

Soudain, barrant la route au fleuve courroucé,
Tendant vers le fléau ses deux tours en prière,
Notre-Dame, debout comme un veilleur de pierre,
De ses bras de géant semble le repousser.

La vague alors avec des sanglots de colère
En vain monte à l'assaut des quais au front massif :
Le vaisseau de Paris, immuable récif,
Plante au milieu des flots son dédain séculaire.

L'ouragan passera sans pouvoir l'emporter,
Car le Temps, bâtisseur de la Cité auguste,
Jeta pour cimenter son assise robuste
Dans le mortier de l'Homme un peu d'éternité !

L'AURORE

Debout ! le chant du coq a retenti dans l'ombre ;
Une frange de feu court au bord du ciel sombre,
S'étire à l'horizon, s'effiloque : on dirait
Qu'un bandeau d'or se pose au front de la forêt.
Sur la route, inclinés vers l'astre qui se montre,
Les peupliers ont l'air d'aller à sa rencontre :
Le clocher qui veillait sur le bourg endormi
Entend monter des toits comme un murmure ami.
Un volet claque au mur, le treuil du vieux puits grince,
Sur la place une vieille, en bonnet, toute mince,
Emporte un seau d'eau claire où tremble un pan de ciel ;
Tout s'imprègne d'odeurs d'herbe fraîche et de miel.

Coupant d'un trait vermeil la plaine où rien ne bouge,
La rivière, au sortir du brouillard, devient rouge,
Cependant que la Nuit surprise et reculant
Sous les flèches du Jour qui font saigner son flanc,
S'allégeant, pour mieux fuir, d'une arme inopportune,
Semble jeter au loin son bouclier de lune.
Un vent brusque a tiré les champs de leur sommeil,
Les bois se sont rayés d'échelles de soleil.
Les roseaux de l'étang ont des soupirs de harpes,
Les hameaux dénouant leurs bleuâtres écharpes
Piquent de feux épars les vapeurs du matin.
L'azur comme un écrin retourné de satin
Renverse à l'Occident ses perles, les étoiles.
Et voici que l'Aurore, émergeant de ses voiles,
Coquette, s'échappant des bras du ciel pâli,
Entrebâille en riant les rideaux de son lit,
S'enhardit et, soudain, éblouissante et nue,
Fleur de pourpre impudique incendiant la nue,
Renouvelle au-dessus des bois houleux et verts
Le geste d'Aphrodite éclose au cœur des mers.

LA CHAMBRE

Midi : tandis que tout repose
Dans la ferme au fond du vallon,
La chambre dort, obscure et close,
Comme sous un linceul de plomb.

Contours, relief, tout s'imprécise :
Seul dans l'âtre un tison qui luit
Perce encor cette ombre indécise
Qui n'est ni le jour ni la nuit.

Tout est mystère et semble attendre,
Quand soudain du volet poussé
Dans ce silence et cette cendre
Un rayon furtif s'est glissé !

Voici que la chambre — ô prodige ! —
S'animant sous le trait vermeil
Voit ruisseler, pris de vertige,
Tous les atomes du Soleil.

Robe d'azur, de feu coiffée,
Faisant danser ses reflets d'or,
La lumière comme une fée
A réveillé l'humble décor !...

Il est dans l'ombre plus d'une âme
Qui, pour s'épanouir un jour,
Dans sa détresse ne réclame
Qu'un peu de lumière ou d'amour.

Dans sa solitude où persiste
L'espoir d'un bonheur ignoré,
Elle attend, anxieuse et triste,
Le rayon qui doit l'éclairer.

CRÉPUSCULE

———

J'aime la paix des bois noyés, le soir, dans l'ombre,
Quand le soleil décline au penchant des coteaux :
L'Étoile du Berger tremble au firmament sombre,
Un Angelus se traîne au bord calme des eaux.

Crépuscule : sanglots de source... un toit qui fume...
Un clocher dans les cieux pointe comme un clou d'or...
Dans la vallée un feu de pâtre qui s'allume...
Tout s'efface ; le soir tombe... la plaine dort.

Chanson très douce... un aboiement qui se prolonge...
Appel lointain des bœufs égarés dans la nuit :
Le vent pleure ! La lune au ciel glisse sans bruit ;
Je me sens triste sans savoir pourquoi... Je songe !

FIN D'HIVER

Ciel gris d'hiver. La Terre est grise
Sur l'étang désert, un peu flou
Un grand chêne noir est debout
Les bras crispés d'un geste fou :
Croirait-on pas qu'il agonise ?

Pourtant, d'autres chênes encor
Courbés sur la longue avenue
Ont senti leur ramure nue
Sous une caresse inconnue
Ce matin frissonner plus fort.

6

C'est déjà le printemps qui rôde
A travers prés, en pourpoint vert,
Et, pour leurs adieux à l'Hiver,
Les bouleaux aux troncs gris de fer
Ont mis leurs bourgeons d'émeraude.

C'est l'éveil. Et mon rêve entend
Dans le bruissement des ramures
Les nids bercés dans leurs murmures,
La prière des gerbes mûres
Devant la faux qui les étend.

Et je songe aux bonnes semences
Qui, sachant les moissonneurs prêts,
Forçant la nuit du sol épais
Vont d'un manteau d'or et de paix
Couvrir les horizons immenses.

O vous qu'une main put meurtrir,
Ames qu'un amour a fanées,
Moins heureuses que les années,
Quel Dieu vous a donc condamnées
A ne pouvoir plus refleurir ?...

LA POUPÉE

Au seuil de la vieille maison
De vigne et de lierre drapée,
S'est assise dans le gazon
Une fillette et sa poupée.

A la maman aux cheveux blonds
Où le soleil d'été se joue
Bébé tend ses petits bras ronds,
Et veut un baiser sur sa joue.

La fillette pour l'endormir
Chante et lui fait un lit de mousse :
On croirait un roseau frémir,
Tant cette voix d'enfant est douce.

Et je songe qu'un jour viendra
Où la fillette sera femme,
Où sur ses genoux pleurera
Quelque poupée ayant une âme.

Dans cet être né de son sang
Sentant sa chair qui se déchire,
Elle seule, alors, se baissant,
Saura l'apaiser d'un sourire.

Et lorsqu'à son tour dans ses bras
Son fils sourira tout à l'heure,
La mère que déjà tout bas
L'aile de la Tristesse effleure,

L'étreignant et fouillant ses yeux
De ses prunelles obstinées,
Percera sous leurs voiles bleus
Le mystère des destinées.

AU CHEVAL

O toi qui, libre et fier aux premiers jours du monde,
Ancêtre fabuleux du cheval d'aujourd'hui,
Bondissais, fils du Vent, dans la lumière blonde
Et qui pour éclairer ta course vagabonde
Faisais jaillir du sol des lueurs dans la nuit,

Quand ton front défiait les immensités neuves,
Que, ton pied les foulant comme un marteau d'airain,
Ton poitrail ruisselait de l'eau vierge des fleuves,
Qui donc t'avait donné ce geste souverain ?

Le Temps, qui met un voile à la beauté des choses,
A laissé vivre en toi le Pégase indompté ;
Tout ce qui nous enchante a le destin des roses,
Ton galop séculaire a gardé sa beauté !

L'homme en croupe, évoquant un profil de centaure,
Ta crinière en bataille et ta tête en éveil,
C'est le Rêve qui piaffe en ton sabot sonore,
Et ton aile invisible a pour but le soleil.

Car le bruit, la clarté te grisent. Dans l'Histoire,
Enrubanné, bardé de fer ou sabre au flanc,
C'est la même chanson d'élégance et de gloire
Qui fait tinter ton mors et rythme ton élan !

Moi-même, bien souvent par un matin de brume,
Tandis que la rosée argentait tes naseaux,
Sentant frémir sous moi ton poil baigné d'écume
Où ton sang irrité traçait de fins réseaux,

J'ai compris ton orgueil et vécu ta folie :
Chaque fois, dans le vent qui cinglait ton effort
J'ai laissé fuir un peu de ma mélancolie;
L'air me semblait plus pur, la terre plus jolie,
Et je montais vers Dieu par une route d'or.

Seul témoin de mes heures grises,
Sois béni pour m'avoir donné,
Dans mes tristesses incomprises
Sur nos laideurs et nos sottises,
L'illusion d'avoir plané.

Sois béni, nos courses lointaines
Dans la lande et dans la forêt
M'ont fait des amis par centaines,
Et si je parlais aux fontaines
L'eau sans doute me répondrait.

Dans les prés que ton galop foule
Tout me fait fête et nous sourit :
Une aubépine en fleurs s'écroule,
Les papillons viennent en foule,
Et les moineaux font de l'esprit !

Le bois sombre qui se recueille
A t'écouter se fait joyeux ;
Un baiser court de feuille en feuille,
Toute la forêt nous accueille,
Comme une mère avec ses yeux !

Mène là-bas ma fantaisie :
Nous nous griserons tout le jour,
Toi d'air pur, moi de poésie,
Et les sources sans jalousie
A nos pieds jaseront d'amour.

LE VIEUX CANON

———

C'est un très vieux canon de bronze ; oublié là,
Il s'étale, à demi caché, dans l'herbe haute.
Jadis, près de ce bois qui se dresse à mi-côte
— Les siècles et la mousse ont couvert tout cela —
Mêlant les régiments dans leur funèbre couche,
La Mort avait passé, moissonneuse farouche.
Pendant trois jours le vieux canon avait rugi,
Bondi, craché le feu, comme pour une fête.
Puis, vers le soir, sentant que sa tâche était faite,
Chaud du sang qui coulait sur son affût rougi,
Le monstre s'était tu. L'ombre des nuits géante,
Le silence envahit cette gueule béante...

Parfois, quand un rayon l'illumine en passant,
Le métal jette encor comme un reflet de sang !
Mais voici qu'alentour, de mille autres suivie,
S'élève la rumeur multiple de la vie,
Bourdonnements d'abeille, appels clairs du grillon,
Fourmillement du sol, aile de papillon,
Goutte d'eau suspendue au brin d'herbe qui tremble,
Tout vibre autour de lui, chante ou palpite ensemble.
Alors, comme grisé de parfums, de couleur,
Lui, le broyeur de chair, le sinistre hurleur,
Sous l'invisible archet du vent qui se rapproche,
Exhale dans le soir un son très doux de cloche,
Et du bronze à la fois montent dans l'Infini
Le murmure du monstre et la chanson d'un nid !

TROUPEAUX A L'ABATTOIR

Création, mêlée éternelle et vivante,
Pourquoi l'Homme, ton roi, doit-il, s'avilissant,
Tirer des animaux sa force triomphante
Pour maîtriser sa faim, l'assouvir dans leur sang ?

Pêle-mêle en troupeaux poussés, vague mouvante,
Vers le charnier fatal que leur instinct pressent
Ils vont, marqués de rouge, et beuglent d'épouvante
Au bruit sourd du marteau qui sur l'un d'eux descend !

Oh ! le dernier regard de la bête qu'on tue,
Sursauts désespérés sous la lame pointue !
Quand la Mort pour cesser cet inégal combat

Éteint leurs yeux hagards, pleins de l'effroi des hommes,
Le mouton qu'on égorge et le bœuf qu'on abat
Doivent prendre en pitié les brutes que nous sommes...

LA CONQUÊTE DE L'ONDE

I

Midi : le soleil flambe et dans l'éther ruisselle ;
Au pied des monts neigeux dont la cime étincelle
    Le lac songe, immobile et bleu.
Pas un souffle ne vient effleurer sa surface
Et seule, la mouette ou la voile qui passe
    La déchirent d'un trait de feu.

C'est l'heure où les villas, volets et portes closes
Comme des yeux fermés, dorment parmi les roses,
       Penchant leurs toits sur les roseaux ;
Et leurs murs, par milliers blottis dans la verdure,
Ourlent les flots du lac d'une blanche bordure
       Qui tremble à leur pied dans les eaux.

Et tandis que l'azur ainsi qu'un dais de flamme
Infini se déroule, il semble que toute âme,
       Toute vie ait fui ce décor :
Hélas ! ce toit qui fume et ces voix dans la plaine,
Ce glas qui tinte et meurt, c'est toujours l'âme humaine
       Qui vers les cieux prend son essor !

Devant notre douleur qui s'étale et qui saigne
La Nature pourtant sourit et la dédaigne,
       Sûre de son éternité :
Belle comme jadis aux jours de son aurore
Quand nul homme à ses pieds ne se traînait encore
       Afin de fléchir sa fierté !

II

Le lac alors s'ouvrait, vasque éclatante et pure ;
Les cimes lui brodaient une blanche guipure
          De la dentelle du glacier,
Et les torrents chantaient et les forêts profondes
Baignaient leurs troncs noueux aux caresses des ondes,
          Vierges de la hache d'acier.

Jamais aucun pêcheur jetant aux flots ses lignes
N'avait vu devant lui surgir un vol de cygnes :
　　　Tous fendaient l'onde en liberté ;
Jamais aucune barque ouvrant aux vents ses voiles
De ce miroir des nuits où perlaient des étoiles
　　　Ne troublait la limpidité.

Quand elles se cabraient au fouet de l'orage
Ses vagues secouaient leur crinière avec rage
　　　Ainsi qu'un cheval indompté,
Puis soudain, apaisant leur flanc rauque qui fume,
Lançaient vers l'Infini dans leur bave d'écume
　　　Leur colère et leur majesté.

Sur ses bords, à la brume erraient d'étranges **formes** :
L'hippopotame et l'ours et les buffles difformes
　　　Descendaient boire jusqu'à lui ;
Tandis que mugissaient leurs bandes assoiffées
Montaient du fond des bois les plaintes étouffées
　　　D'un cerf qui bramait dans la nuit.

III

L'Homme apparut : dans la forêt silencieuse
Sa hache s'abattait, sinistre moissonneuse,
    Et, par le fer au cœur frappés,
D'un seul bloc ces géants, les chênes séculaires,
Tombaient avec fracas sur le sol des clairières
    Où saignaient leurs torses coupés !

Puis, quand il eut fauché ce qui barrait sa route
Et qu'un soir à ses pieds, sombre armée en déroute,
     Les bois eurent jonché le sol,
Se taillant un esquif d'une grossière écorce,
Sur les flots déchaînés, conscient de sa force,
     L'Homme audacieux prit son vol!

Puis ce fut une lutte incessante et sauvage
Où les lames, brisant les barques au rivage,
     Défendaient leur virginité,
Où l'Homme au corps à corps, amant blême et farouche,
Crispant ses mains en sang et l'écume à la bouche,
     Bondissait sur le flot dompté!

Et quand l'un d'eux, happé par la vague hurlante,
Glissait, les bras en croix, dans la caresse lente
     De l'abîme noir et glacé,
Du rivage, où veillaient ses enfants et sa veuve,
Quelque autre s'en allait, dans une barque neuve,
     Le venger ou le remplacer!

IV

Mais un jour, rugissant de souffrance et de haine,
Le flot dut reculer devant la vague humaine...
        Et le lac, rejetant ses morts,
Désormais prosterné dans sa robe de moire,
Semble être aux pieds d'un roi, par un soir de victoire,
        Quelque captive offrant son corps.

Et tandis qu'en tous sens balafrant ta surface
Les barques, comme un vol qui s'éloigne et s'efface,
    S'épandent et fuient sur les flots,
Sur tes bords, où jadis grondait la voix des chênes,
Les villes t'étouffant, ô Lac, comme des chaînes,
    Déchirent l'air de leurs sanglots.

Tandis que mon regard, au-dessus de tes ondes,
Vers l'horizon de pourpre où s'éveillent des mondes,
    Flotte sur les cimes en feu,
Je songe à toi, ce soir, qui t'endors solitaire,
Vaincu, mais fier encor, drapé dans ton mystère
    Comme au jour où te créa Dieu !

Et puis, tu renaîtras un jour de ta défaite :
Quand sur les astres morts la nuit se sera faite
    Et que l'ombre emplira nos yeux,
Comme un volcan brisant sa cuirasse de laves,
Tu te réveilleras, secouant tes entraves,
    Et tu bondiras vers les cieux.

Tes vagues, s'épandant sur nos cités éteintes,
Dans leurs bouillonnements emporteront les plaintes
De ce qui fut l'Humanité,
Et ton geste de haine, arrêté dans l'espace,
Au vent de l'Infini se figeant dans la glace,
Insultera l'Immensité !

NAPOLÉON MORT

Dans une chambre basse où la lampe agonise
Et jette par instants sur sa couche un éclair,
Les mains sur son épée et son épée au clair,
L'Empereur est drapé dans sa capote grise.

Il dort : son masque osseux que la Mort divinise
Se détache en relief sur les draps au fond clair :
Au dehors, comme un glas, s'entrechoquent dans l'air
Les clameurs de la mer, les râles de la brise...

Tandis que la rafale où monte un cri d'adieu
Jette au Monde étonné la mort du demi-dieu
Et que la foudre éclate et blêmit la falaise,

Seule, les yeux hagards et pâle de terreur,
Se penchant sur le seuil, la sentinelle anglaise
Croit voir s'animer l'ombre et frémir l'Empereur.

DERNIÈRE BÉNÉDICTION

(LÉGENDE)

Le Christ agonisait. La Mort s'approchait lente...
La Croix, sombre gibet par l'Homme édifié,
Dressait vers le couchant barré d'ombre sanglante
Le visage blêmi du Dieu sacrifié.

Tandis que ses bourreaux vers Lui, bouche hurlante,
Serrant leurs poings haineux, semblaient le défier,
Du fiel ensanglanté sur sa lèvre brûlante,
Jésus pour l'Univers s'offrait crucifié !...

Soudain, comme un soldat le perçait de sa lance,
Sur le peuple atterré courut un grand silence,
Car le Christ, dans le Ciel qui semblait s'entr'ouvrir,

O prodige! élevant sur les Juifs sa main pâle,
Par trois fois les bénit, poussant un dernier râle,
Puis, fléchissant la tête, acheva de mourir...

TROISIÈME PARTIE

INTIMITÉS

SUR UN ALBUM

Il est un album qu'on porte en soi-même
Où chacun de nous n'écrit qu'en tremblant :
C'est la main de Dieu qui l'ouvre au baptême,
Et j'en sais, hélas! plus d'un resté blanc!

Au cours de la vie, étrange voyage,
Chaque souvenir y laisse en passant
Tomber tour à tour, et de page en page,
Pétales de rose ou larmes de sang.

Il est un album que la foule ignore,
Qu'effeuille le cœur, dans l'ombre en secret ;
Gardons-le fermé, qu'il ne se déflore !
Tout regard impur le profanerait.

Mais, le soir venu, quand la chambre close
S'emplit d'une vague et tiède lueur,
Seul dans le silence où dort toute chose
Laissez se rouvrir cet album du cœur.

Car tout ce qui fut la douceur de vivre,
Amours de jeunesse et songes défunts,
S'exhalant soudain des feuillets du livre,
Viendront nous griser de tous leurs parfums.

LE RÊVE

Dans la vie où tout est mensonge
Chacun de nous poursuit toujours,
Porté sur les ailes du songe,
Un rêve d'espoir et d'amours.
Dans la vie où tout est mensonge
On se berce à rêver toujours.

Notre chimère pour monture,
Le vertige au cœur, nous courons
Traînant le mal qui nous torture
Et du sang à nos éperons.
La Chimère est notre monture,
L'amour nous tient lieu d'éperons!

Comme ces feux au crépuscule
Qu'on voit s'éloigner dans la nuit,
Plus la Chimère vole à lui,
Plus l'horizon vide recule.
Comme ces feux au crépuscule
Qu'on voit s'éloigner dans la nuit !

Dans sa farouche chevauchée,
L'homme, meurtri de toutes parts,
Jette au vent ses amours épars
Comme des feuilles, en jonchée...
Et la farouche chevauchée
Jette au vent nos amours épars !

Bientôt, plus vite que la brise,
Le galop fou s'accroît encor !
Peu à peu notre âme se grise
Au rythme berceur qui l'endort.
Tandis que devançant la brise
Le galop fou s'accroît encor !

Un jour la Chimère harassée
S'abat fumante sur le sol ;
Nos rêves blessés dans leur vol
Referment leur aile brisée,
Et notre Chimère harassée
S'étend à jamais sur le sol !

L'âme alors plus triste retombe
Dans le désespoir et l'oubli,
Le cœur se ferme, enseveli
Au fond d'un silence de tombe,
Et l'âme plus triste retombe
Dans le désespoir et l'oubli !

AVEU

Ce soir, tandis que nous allions ensemble,
Parlant de l'amour, y rêvant un peu,
N'entendiez-vous pas dans ma voix qui tremble
Expirer l'écho d'un lointain aveu ?

L'ombre qui tombait molle et caresseuse
Nous enveloppait de son manteau gris.
Tout ce qui chantait dans mon âme heureuse,
Vous qui m'écoutiez, l'avez-vous compris ?

L'aveu le plus vrai se couvre d'un voile,
L'âme est une fleur qui meurt au grand jour.
Le nuage peut masquer une étoile :
L'ombre d'un seul mot peut cacher l'amour.

SOUVENIR

J'emporte en tes baisers l'âpre senteur sauvage
    De la terre et des bois ;
Comme un souffle embaumé passent sur mon visage
    Ton haleine et ta voix.

J'emporte dans mes yeux ton sourire, ton âme
    Comme un secret trésor,
Et ton regard voilé que la volupté pâme
    En moi palpite encor.

Car dans les nuits d'été, lorsque la lune blanche
Baigne ton front pâli,
Ta lèvre est un calice où mon âme se penche
Pour y boire l'oubli.

Tes yeux sont les rayons d'une étoile lointaine
Qui m'appellent tout bas,
Et je vais sous les cieux sans savoir où me mène
La trace de tes pas...

JUSQU'A L'AME

Ce n'est pas seulement votre baiser que j'aime,
Cet émoi fugitif des lèvres et des sens :
L'ivresse que j'y puise est au fond de vous-même,
Et, comme on touche au rêve en lisant le poème,
J'atteins dans ce baiser l'âme que j'y pressens.

Ce n'est pas seulement dans vos yeux que je plonge,
Grand miroir cerclé d'or comme un pur diamant :
Mon regard ébloui jusqu'au cœur se prolonge,
Et, comme un paradis aperçu dans un songe,
J'entrevois dans ce cœur l'ampleur d'un firmament.

Ce n'est pas seulement votre voix qui m'effleure,
Frisson fait de musique et de mots à la fois :
La présence d'une âme invisible y demeure,
Et, comme un son de cor fait croire au vent qui pleure,
J'entends chanter en vous l'âme à travers la voix.

Et ce n'est même plus cette âme que j'enlace
Quand l'étreinte suprême éperdus nous unit :
C'est le baiser d'un Dieu qui fait pâlir ma face,
Et, comme on voit les blés frémir au vent qui passe,
C'est dans ce court frisson que j'atteins l'Infini !

IMPOSSIBLE OFFRANDE

En t'offrant mon cœur pour ta fête,
J'ai cherché longtemps, comme un roi,
Quel trésor ou quelle conquête
Afin d'en couronner ta tête
Serait assez belle pour toi !

Diamants, saphirs, colliers, bagues ?
N'as-tu donc pas, rien qu'en riant,
A tes dents, dans tes grands yeux vagues,
Toutes les opales des vagues,
Toutes les perles d'Orient ?

N'as-tu pas dans ta chevelure
De l'or à payer des palais ?
Près de ton âme sans souillure
L'eau du torrent semble moins pure,
Les rayons ne sont que reflets !

A quoi bon des fleurs ? La plus belle
Vivrait moins encor que tes yeux.
Pour notre amour grave et fidèle
Il faut une fleur immortelle,
Un astre à cueillir dans les cieux.

Mais la fleur céleste m'évite
Dès que mon désir la rejoint :
Dans cette éternelle poursuite
Ma main, hélas ! est trop petite,
Et les étoiles sont trop loin !

BERCEUSE

La chambre déserte où je vous écris
Est sans vous, ce soir, comme un berceau vide,
Mais je garde encor sur ma lèvre avide
Le goût du baiser que je vous ai pris.

Ecoutez ! la Nuit retient son haleine.
L'horloge au cœur d'or bat à petits coups ;
Sous son aile rose abritant ma peine,
La lampe aux bons yeux me parle de vous.

9

N'est-ce pas votre âme, ô ma bien-aimée,
Qui monte en chantant de la flamme à moi ?
Ne sentez-vous pas, sous son cercle étroit,
Pour vous bercer mieux, ma vie enfermée ?

A quoi bon rêver d'un ciel infini
Où j'irais cueillir des astres sans nombre ?
Tout mon paradis s'arrête à votre ombre,
Et tout mon bonheur tiendrait dans un nid.

Je vous sens si près que ma main vous frôle,
Pour mieux vous revoir, j'ai fermé les yeux.
Et dans le soir lourd mon front soucieux
Malgré moi s'incline et cherche une épaule...

Dans votre grand lit frangé de dentelles
C'est l'heure où, penché sur votre oreiller,
L'Ange qui la nuit revient vous veiller
Pose sur vos yeux ses mains immortelles.

Dormez : je suis là : si vous souriez,
C'est que mes vers font comme un bruit d'abeille,
Et qu'ayant sur vous vidé sa corbeille
Le Rêve a jeté ses fleurs à vos pieds.

Je suis à genoux et je vous regarde :
Vous m'apercevez en songe ; et demain
Quand sur mon front pâle et sur votre main
L'aube posera sa clarté blafarde,

Nos bouches, nos yeux, mêlant leur douceur,
Se seront si bien compris, sans rien dire,
Que je sourirai de votre sourire
Et votre regard contiendra mon cœur !

NOCTURNE

De tous les souvenirs qui bercent ma mémoire
L'un d'eux toujours vivace et grisant m'est resté ;
L'ombre entourait la mer comme une écharpe noire,
La mer, sombre à son tour, s'était mise à chanter.

T'en souviens-tu ? Serrés tous deux à la fenêtre
Qui dans son cadre étroit tenait l'immensité,
Pensifs, nous regardions les étoiles renaître ;
Au loin les feux du port trouaient l'obscurité.

Comme un roseau sans force et que la vague entraîne,
Ton front sur mon épaule avait glissé sans bruit ;
On entendait là-bas mugir une sirène,
Des ombres de vaisseaux s'enfonçaient dans la nuit.

Un fanal sur les eaux s'alluma, puis cent autres :
L'océan scintillait comme un ciel renversé,
Le cœur des flots battait à l'unisson des nôtres,
Mais les flots n'ont pas dit tout ce que j'ai pensé.

Pour la première fois, Mer, grande âme rythmée,
J'ai compris ta faiblesse et connu ma grandeur :
Car, ce soir-là, pleurant contre la tête aimée,
Tu ne mesurais plus l'Infini de mon cœur.

LA VAGUE DU CŒUR

Depuis ton départ, ma pensée,
Comme un roseau qui tremble au vent,
Par ton souvenir caressée,
Toujours palpitante et froissée,
Fait un bruit de feuilles vivant !

Sa tige que l'eau baise à peine
Y fait fuir des cercles d'argent,
Et dans ces remous c'est ma peine
Qui le long de mon âme traîne
Et va sans fin se prolongeant.

Chacun d'eux est un double monde :
Sous les rides, sous les reflets
Qui moirent la face de l'onde,
Chemine une vague profonde
Que tes yeux ne verront jamais.

Le flot qui touche le rivage
N'emporte de l'âme ou du ciel
Qu'une brève et changeante image :
La nappe invisible propage
Ce qui dans l'être est éternel.

Ton nom seul en moi la soulève :
On dirait que chaque frisson
S'élargissant cherche sans trêve
Loin de mon rêve un autre rêve
Qui puisse battre à l'unisson.

Toi qui songeuse sur la rive
Les vois onduler jusqu'à toi,
Sens-tu qu'une âme y dort captive
Et que ce remous qui t'arrive
Est un baiser lointain de moi ?

ADIEU

Je sais que c'est fini : de tes lèvres, ô femme,
Dans ma vie est tombé le grand mot de l'adieu :
Trop fier pour implorer, j'ai refermé mon âme,
Je ne me suis jamais courbé que devant Dieu.

Ton souvenir pourtant m'effleure comme une aile.
Je suis seul, je t'écris : la nuit tombe sur moi,
Je songe en tisonnant ma souffrance éternelle
    Qui du moins me parle de toi.

Seul toujours ! Ne plus voir jamais ta tête blonde !
Je reste là muet, sans comprendre, atterré
Devant mon pauvre amour vaste comme le monde,
Qu'une petite main de femme a déchiré !

Je me sens le cœur vide et la tête bien lourde :
Va-t'en : je garde encor la force de prier
Pour que le Ciel, du moins, si tu dois rester sourde,
Entende ma douleur crier !

INDIFFÉRENCE

Mon rêve me conduit parfois les soirs d'été
Sous les porches sacrés où les grands Saints de pierre
Gardant comme un reflet du ciel sous leur paupière
      Semblent veiller l'Humanité.

C'est en vain que vers eux la Prière s'élance,
Que les siècles, le vent, viennent les assaillir ;
Les yeux dans l'avenir et drapés de silence,
Pas un de ces géants ne daigne tressaillir.

Oh ! garder à jamais ce masque impénétrable !
Hélas ! notre regard est un miroir vivant :
Et lorsqu'on porte au cœur une plaie incurable,
    Les yeux le disent trop souvent !

LA VIE

Se voir un jour où le soleil
Éclaire d'un reflet vermeil
Les choses ternes de la vie,
Et bercer ce rêve un instant
Que tout rit, que tout est chantant,
Qu'une seule femme est jolie,

S'aimer quelques jours, quelques nuits,
Regretter les baisers enfuis,
La course éternelle de l'heure,
Marcher fier, le triomphe aux yeux,
Ne plus voir, pour s'isoler mieux,
L'Humanité qui souffre et pleure,

Et puis se quitter un beau soir
Et rester tout seul dans le noir,
Seul, chancelant comme un homme ivre,
C'est toujours la même chanson
Et c'est la seule chose au fond
Qui vaille la peine de vivre !

A UNE DE SES AMIES

O vous qui, partageant sa vie,
Avez ce bonheur que j'envie
De parfois l'entendre et la voir,
Qu'à jamais votre voix lui taise
La solitude qui me pèse.
Laissez-la toute à son devoir.

N'allez pas lui dire, de grâce,
Que la fleur de mon âme lasse
Meurt d'un souvenir étouffant ;
Puisqu'elle ignore ma détresse,
Ne dispersez pas sa tendresse,
Laissez-la toute à son enfant !

Si mon nom frappe à son oreille,
Distrayez-la, que rien n'éveille
Le rêve en elle enseveli ;
Si mon souvenir l'abandonne,
Elle sait que je lui pardonne .
Laissez-la toute à son oubli !

Même sur sa bouche infidèle
Si quelque lèvre indigne d'elle
Se posait par surprise un jour,
Ayez pitié de sa folie,
Souvenez-vous qu'elle est jolie,
Laissez-la toute à son amour.

Un soir pourtant, seule et blessée,
Si vous rencontrez sa pensée,
Chantez-lui l'air du bon vieux temps ;
Si c'est mon nom qu'elle prononce,
Qu'un baiser soit votre réponse
Et dites-lui que je l'attends !

EN CHEMIN

Sur votre route un cœur hier
Gisait déchiré par les branches ;
Vous l'avez pris dans vos mains blanches :
Je ne sais plus si j'ai souffert !

L'inconnu par vous rencontré
Avait des pleurs dans ses prunelles :
Votre caresse eut pitié d'elles :
Je ne sais plus si j'ai pleuré !

Loin de vous, dans l'obscurité,
J'ai traîné le boulet du doute...
Votre foi m'a montré la route :
Je ne sais plus si j'ai douté !

Un soir votre sein maternel
A bercé mon front lourd de fièvre ;
Et votre baiser sur ma lèvre
Un instant m'a fait croire au ciel !

Jamais pourtant mon cœur fermé,
Tombeau d'une image endormie,
Ne pourra se rouvrir, amie :
Pardonnez-moi d'avoir aimé !

DE LOIN

Dans le petit salon peuplé de nos trois âmes,
Lorsque, le soir venu, vous sentirez soudain
Les souvenirs en vous monter comme des flammes,
Vos rêves s'étoiler de fleurs comme un jardin,

Aux reflets de la lampe attardés sur les cuivres
Qui de la table aux murs croisent leurs feux éteints,
Tandis que la musique ou la voix des bons livres
Feront l'ombre chantante et nos cœurs moins lointains,

Amis, je reviendrai parmi vous, invisible :
Je tournerai la page où vos doigts s'uniront,
Et, sur leurs ailes d'or berçant la nuit paisible,
Les vers que je lirai, vos lèvres les diront.

Par instants le silence autour de nos pensées
Plus poignant que les mots, profond comme la mort,
Suspendra dans leur vol les strophes commencées,
Et l'extase emplira nos âmes jusqu'au bord...

Vous ne m'entendrez pas ! les bruits du dehors même
Vous sembleront si loin que vous croirez un peu
Revivre, aux derniers vers, plus graves, du poème
Dans le recul du Temps l'heure de notre adieu.

Au fauteuil coutumier ma place sera vide ;
Je serai là pourtant, à la table accoudé,
Sentant germer en moi, comme une terre aride,
La parole d'amour qui m'aura fécondé.

Et le petit salon peuplé de nos trois âmes
— Comme un cœur se referme autour d'un souvenir —
Semblera, quand la lampe adoucira ses flammes,
Se faire plus petit pour mieux me retenir...

ADIEUX A LA " CHIMÈRE "[1]

———

Avant l'heure un peu triste où vont tinter nos verres
Égrenant tour à tour comme un signal d'adieu,
Il convient que les fronts s'inclinent plus sévères
Et que la voix du cœur se fasse entendre un peu.

Si parfois désertant, moi soldat, le réel,
J'ai poursuivi dans l'ombre un rêve insaisissable,
Les vers que j'écrivais sont des mots sur du sable,
Le geste de l'épée est un geste éternel.

(1) Société littéraire de Lyon.

Car il prolonge indiscutable, autoritaire,
— Qu'il protège le sol ou qu'il montre les cieux —
Le geste de prière ou d'amour des aïeux
Qui ne permettraient pas qu'on touchât à leur terre.

Adieu donc : aux jardins du songe, les meilleurs,
Nous avons, mes amis, vu des formes divines,
Écouté le frisson du vent dans les ravines,
Frôlé tant de rayons, respiré tant de fleurs,

Nous avons tant sondé les mers, les yeux de femme,
Arpégé tous les sons épars dans l'infini,
Qu'un peu de leur splendeur est entré dans notre âme
Et qu'elle en restera chantante comme un nid !

Oui, quand nous partagions notre butin magique,
Pilleurs de l'Idéal dans la nuit se cachant,
Sous nos doigts ruisselait tout le Pactole antique :
Tous les joyaux de l'aube et les ors du couchant.

Nous avons tout uni, tout, jusqu'à nos misères ;
Mais, du moins, puisqu'on souffre et qu'on pleure en tout lieu,
Nos douleurs en commun s'envolaient plus légères :
Il semblait qu'en chantant nous les disions à Dieu.

Si bien qu'à ce dernier repas qui nous assemble,
O Chimère, c'est toi dont les rayons sacrés
Comme pour y chercher le fils qui te ressemble
Effleurent tour à tour nos fronts transfigurés.

Et moi, d'avoir frôlé ta robe lumineuse,
Comme un enfant qui garde aux doigts l'empreinte encor
Du phalène irisé s'échappant, l'aile heureuse,
Pour toujours malgré l'ombre où ma route se creuse
J'ai gardé sur mes mains de la poussière d'or.

LES DEUX PORTRAITS

———

Devant moi, sur la table où je t'écris ces lignes,
Mère, j'ai deux portraits qui me viennent de toi :
Tous deux, je les contemple avec un tendre émoi,
Et leur même beauté fait se lever en moi,
Comme un lys immortel, l'amour dont ils sont dignes.

L'un d'eux des chers instants où nous étions blottis
Tout enfants sur ton cœur durant des nuits de fièvre
M'apporte ton sourire adorable ; et ta lèvre
Y garde encor sertis comme un bijou d'orfèvre
Ces mots qui font rêver du ciel les tout petits.

C'est bien toi : ton regard à travers les années
Me cherche et me poursuit toujours de sa douceur,
Et je sens que ce soir sous son charme obsesseur
J'ai l'âme d'un enfant, toi, d'une grande sœur,
Tant notre amour a rapproché nos destinées !

Mais l'ami plus intime et toujours indulgent
Qui sait le mieux parler à ma mélancolie,
C'est ce portrait d'hier, un peu triste, où la vie,
Afin d'auréoler ta tête plus jolie,
Enroule à ton front pur ses premiers fils d'argent.

Celui-là, la lueur pieuse de ma lampe
Y sent flotter son rêve et le berce en chantant ;
Et je voudrais savoir, ô mère, en cet instant,
Quelle pensée exquise as-tu, me regardant,
Les yeux baignés de songe et le doigt sur la tempe ?

Parle-moi : l'ombre est lourde et je n'entends plus rien,
Rien que le bruit rythmé du sang dans mes artères :
N'est-ce pas le plus doux, le plus grand des mystères,
Qu'on puisse être à la fois ensemble et solitaires,
Et que ce sang qui bat dans mon cœur soit le tien ?

Va ! loin de m'attrister, si le Temps nous ajoute
A mes yeux un peu d'ombre, à toi des cheveux blancs,
Je bénis le Destin dont les hasards troublants
Nous ont fait, chaque jour, les traits plus ressemblants
Et le regard pareil jusqu'à l'âme sans doute...

Il n'est rien, femme, fleur ou chanson, d'éternel :
C'est en vain que j'ai bu, mère, leur griserie ;
La femme s'est reprise et la fleur s'est flétrie :
Tout ce qui n'est pas toi laisse l'âme amoindrie,
Un seul de tes baisers la grandit jusqu'au ciel !

DERNIER VŒU

—

Lorsqu'ayant joué mon rôle ici-bas
　　Je refermerai ma paupière,
O vous qui m'aimiez, ne me quittez pas
Et que vos bons yeux au seuil du trépas
　　Soient ma caresse, la dernière !

Sur un lit banal aux jeux des flambeaux,
　　Sur mon front passeront des ombres
Et ce souffle obscur berçant mon repos
Ce sera déjà le vent des tombeaux
　　M'appelant vers les cyprès sombres...

Je regarderai vos yeux jusqu'au bout
Remplis des douceurs de la Terre,
Puis la vision sombrant tout à coup,
Dans la nuit sans astre où tout se dissout
Je retomberai solitaire.

Muré ! sans pouvoir des poings ni des dents
Enfoncer ma prison de marbre
Quand la mort mettra dans mes os ardents,
Dans ma chair vibrante et chaude au dedans,
Le froid de la hache dans l'arbre.

Tout s'arrêtera : mon cœur et mon sang,
Ma voix s'éteindra dans un râle ;
Vous ne pourrez plus veiller de l'absent,
Ses doigts sur un Christ pâle et bénissant,
Qu'une apparence encor plus pâle...

Où serai-je alors? Mon Dieu qui viendrez
    Séparer le méchant du juste,
Faites de ce corps ce que vous voudrez,
Mais l'âme, du moins, vous la reprendrez,
    Seigneur, dans votre droite auguste.

Souvenez-vous qu'au sortir de vos doigts
    Elle était une chose ailée
Et qu'elle a souffert et porté sa croix,
Que son dernier mot est encor : « Je crois! »
    Rouvrez le Ciel à l'exilée.

J'ai gardé du temps où j'étais petit
    Une image sainte et naïve
Où le Bon Pasteur, dans ses bras blotti,
Ramène au bercail l'agneau repenti :
    Je fus la brebis fugitive...

Je veux, mes amis, emporter là-haut
Ce talisman sur ma poitrine,
Sûr qu'en le voyant Jésus aussitôt
Étendra sur moi, comme un blanc manteau,
Sa miséricorde divine.

TABLE DES MATIÈRES

PREMIÈRE PARTIE

Vers l'action

DEUXIÈME PARTIE

Esquisses

TROISIÈME PARTIE

Intimités

Ligugé (Vienne)

Imprimerie E. Aubin.

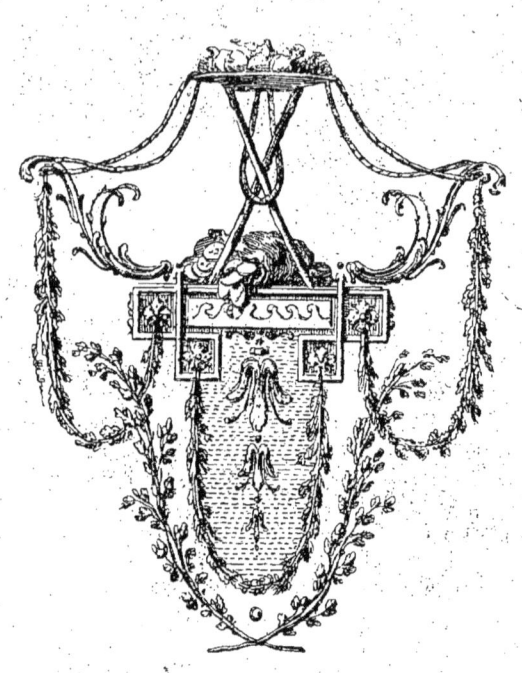

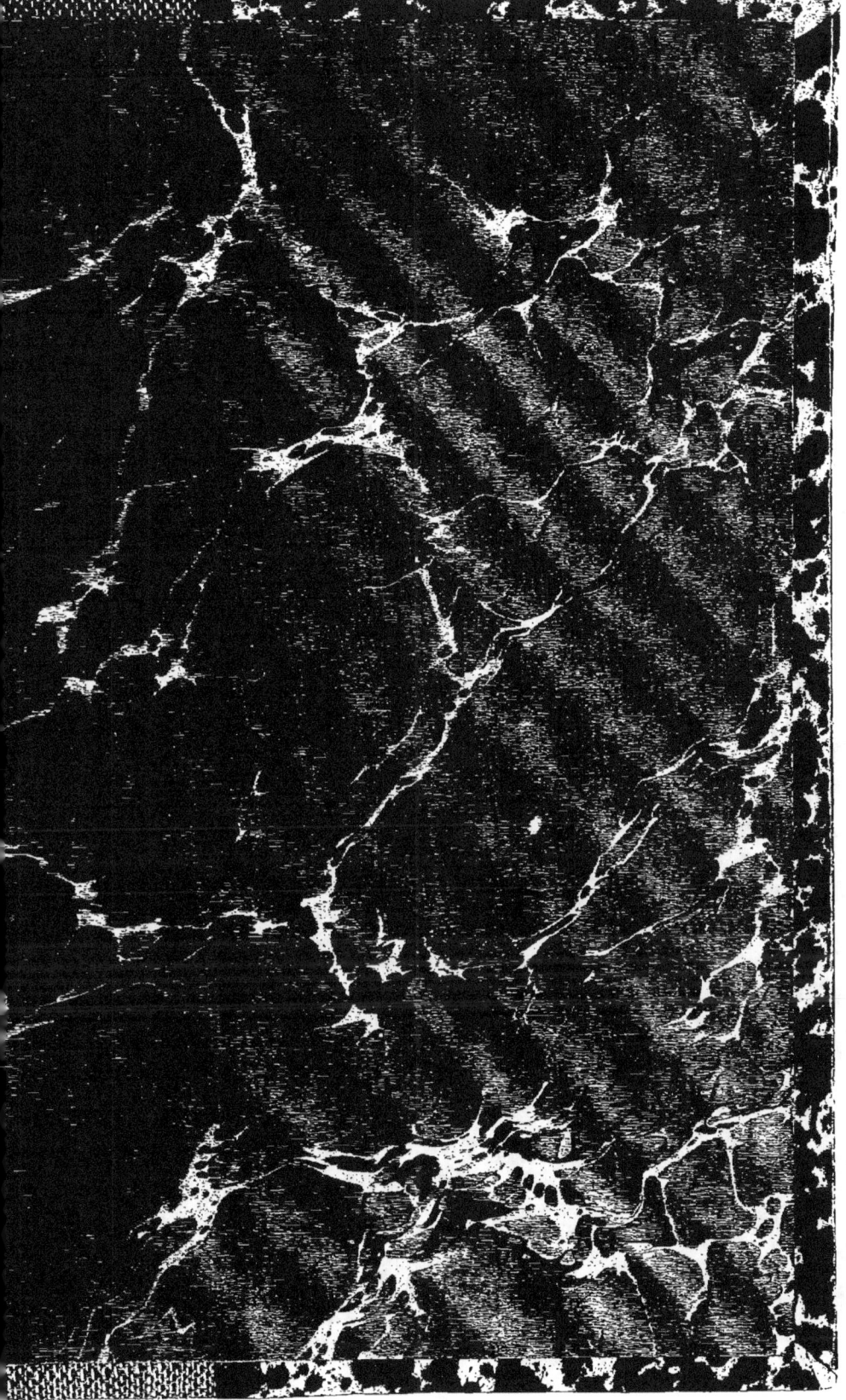

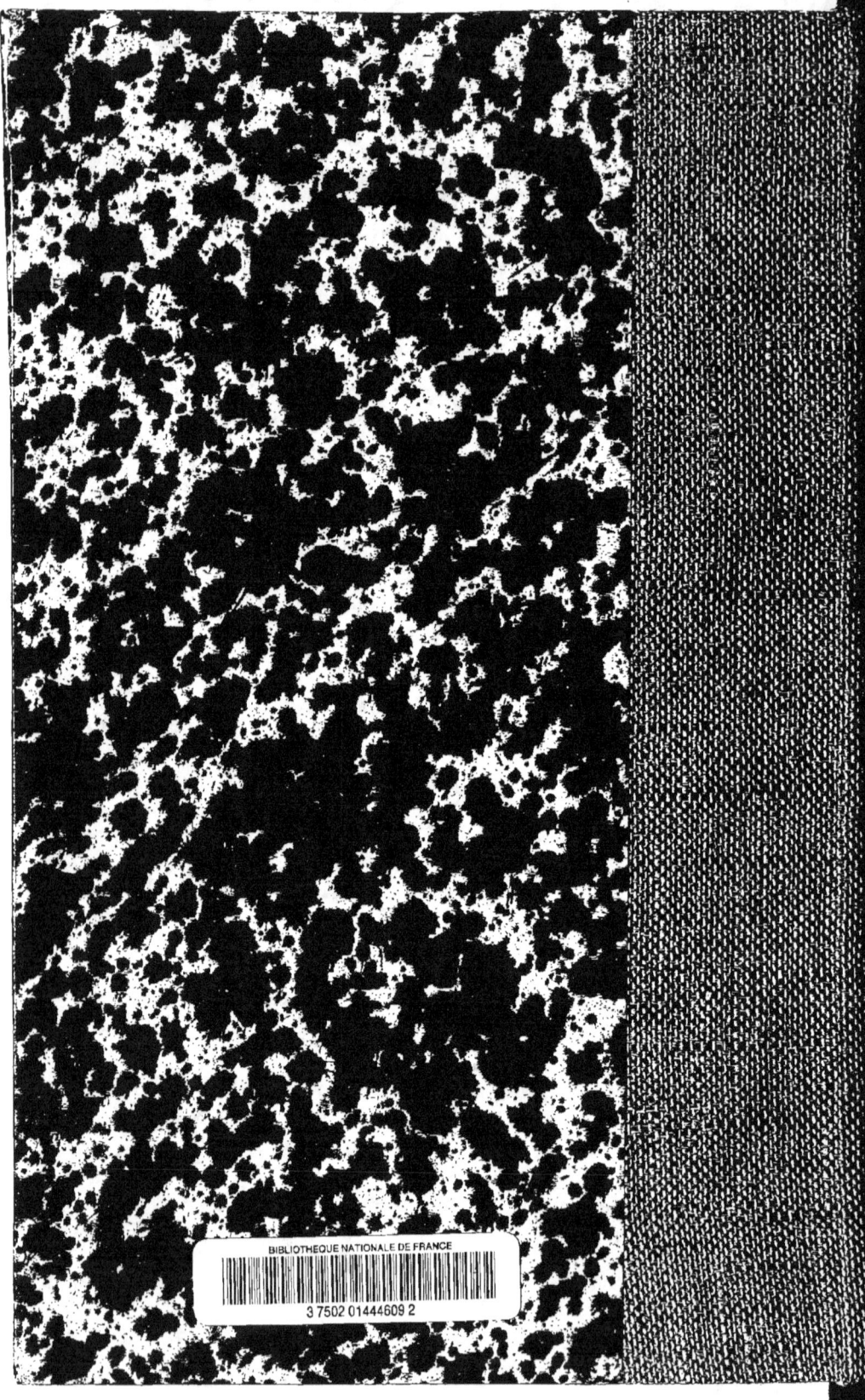

www.ingramcontent.com/pod-product-compliance
Lightning Source LLC
Chambersburg PA
CBHW070900030726
47504CB00005B/1404